그대, 내 마음의 눈썹지붕

최복주 시집 그대, 내 마음의 눈썹지붕

1판 1쇄 펴낸날 2022년 10월 3일
지은이 최복주
발행처 (재)공주문화재단
펴낸이 이재무
책임편집 박찬세
편집디자인 민성돈
펴낸곳 (주)천년의시작
등록번호 제301-2012-033호
등록일자 2006년 1월 10일
주소 (03132) 서울시 종로구 삼일대로32길 36 운현신화타워 502호
전화 02-723-8668
팩스 02-723-8630
홈페이지 www.poempoem.com
이메일 poemsijak@hanmail.net

ISBN 978-89-6021-663-1 03810

값 10,000원

*본 도서는 (재)공주문화재단(대표이사: 이준원) 사업비로 제작되었으며, 「2022 공주 올해
의 문학인」 선정 작품집입니다.

그대, 내 마음의 눈썹지붕

최복주

천년의시작

시인의 말

후유
홀가분하다
쟁여 놓은 그리움을
소나기처럼 쏟아 냈다

다시
몰려올 것이다 비구름이
어떻게든 괜찮다
어디라도 좋겠다

그대
내 마음의 눈썹지붕

2022. 7. 폭염과 벗하며
최복주

차 례

시인의 말

제1부 구두도 안 벗고 마루 끝에 앉았다 간다

소나기

꼭꼭 쟁여 놓은 그리움이

제 몸을 부수어 쏟아 낸다

생시처럼 왔다 가는

조각난 사랑

구두도 안 벗고

마루 끝에 앉았다 간다

동검도

작디작은 빈방 동검도 채플
예수님의 십자가상이 하늘과 바다와 산을 바라보는 곳
기도를 드리다 문득
스테인드글라스 창 너머 눈길 간 순간
달이 지구를 끌어당기는 걸 보았다
갯벌에 오리 떼가 몰려온다

명지바람, 누구의 날숨인가요
꽃노을, 누구의 빛인가요
텅 빈 갯벌 가득 채운 생명력은
어디서 오는 건가요
목마른 섬을 채워 줄 사랑의 빛은
어디서 오고 있나요
이미 도착하여 지구를 덮고 있는데
눈이 부셔 볼 수 없는 건가요

갈라진 갯벌 같던 내 마음의 섬
사랑의 빛과 밀물에 젖어
하염없이 앉아 있다

포도밭에서

가을이 와도
아직 익지 않은 첫사랑
사랑아,
너를 떠나
이젠 가벼워지고 싶다

송이송이 매달렸던 포도나무처럼
굽어지고 휘어져
마른 등걸만 남는다 해도
마른 향기만 감돈다 해도
이젠 털어 내고 싶다

안가라 강변에서

시베리아 대평원을 지나
바이칼 호수 물이 빠져나가는
안가라강이 만든 도시

영원히 꺼지지 않는 불꽃 광장
알렉산드르 3세 동상
모스크바 개선문을 지나
둔치로 내려갔어요

영하 삼십 도 땅에서도
사랑의 불씨 지켜
긴긴 겨울을 견디어 온 민들레꽃이
짧은 여름을 만나
알혼섬의 하트바위 전설을 퍼뜨리네요

바이칼 호수는 한겨울에도
민들레꽃을 키우고
안가라강은 힘찬 고동 소리를 내뿜으며
자신을 얼음의 침묵 속에 다 맡기진 않았네요

겨울이면 얼어붙는 바이칼호
극한에도 얼지 않는 안가라강
여기까지 흘러온 내 사랑의 강물도
얼 틈 주지 않는 안가라강처럼
얼지 않을 거예요

울릉도에서

키 작은 하늘이 성인봉에 걸터앉으면
내 마음의 뭍에 촐촐히 비가 내리고
멀리서 외염 하나 밀려온다

알섬인 듯 바위인 듯
홀로 떠 있는
눈앞에 있는 듯 없는 듯
손잡을 수 없는

안개 속을 헤치고 달려와선
미끄러지는 파도여
출렁이다 마는 심사여

저물녘 아슴해질수록
심지를 태우는 꽃노을 속으로
나도 출렁출렁 걸어간다

함박눈

스무 살 기적같이 다가와
화롯불처럼 스러졌어도
아직도 마음의 온기 남아
함박눈 내리는 밤에
새록새록 돋아나는 목소리
그 소리 따라 마음의 창문 열면
하늘 가득한 어둠
어둠 속에 들리는 별들의 숨소리
별빛처럼 빛나는 그대
그대 초롱초롱한 눈빛만 쌓이네
그대 서글서글한 눈빛만 쌓이네

부채

부챗살 사이사이
접어 넣은 상선약수
그리울 때 펼쳐 보고
다시 접어 넣어 두고

한 세월 닳고 닳아
시들해진 이야기들
소나기에 물기 돌면
그대 본 듯 펼치리라

꽃무릇

고향 가는 버스 터미널
승강장 문
막 여는 순간
탁 가로막는 사람

순간
아침 햇살에 새벽 별빛 스러지듯
꽃무릇이 반짝, 피었다 진다
그는 창밖에서 손 흔들며
다음 버스를 기다리고

내릴까 말까 망설이는 오 분간
잠자던 기억이 벌떡벌떡 일어난다
뒤틀려진 인연을 들쑤시며
버스는 출발하고

두 눈빛이 쏘아 올린 위성
잎을 숨긴 꽃무릇 대궁처럼
어긋난 궤도를 다시
돌기 시작하고

다스릴 수 없어

도서관에 가 보았지
신문이나 보면서 잊어 보자고

성인봉에 가 보았지
삼천 계단 오르며 잊어 보자고

독도에도 가 보았지
미리 와 출렁이는 사랑

통곡의 벽*에도 가 보았지
멀리 갈수록 깊어지는 애련

그냥 무릎 꿇어
다스릴 수 없어

* 통곡의 벽: 이스라엘 예루살렘에 있는 성전 유적지.

비꽃

꽃비 내리는 날
바람에게 들켰다

보고 싶어
보고 싶어

진종일 참다 참다
진땀이 난다 하늘도

창밖엔 송골송골 비꽃이 피어나고
내 안엔 살풋살풋 소금꽃이 피어난다

목이 긴 나무

공원 묘원 구석에서 국밥을 먹다가
빈 가지로 횡한
목이 긴 나무 한 그루와
눈이 마주쳤습니다

그동안 잘 지냈냐고
안부조차 묻지 못한 채
눈물 젖은 눈으로
눈인사만 했습니다

눈발 날리는 날
털목도리 가지고
다시 오마, 다시 오마
뒤돌아보며 하산했습니다

개망초

가만히 혼자 앉아 있으면
눈길 한번 받지 않아요
가슴 떨리게 하지도 않아요

땡볕 아래 초록 잡초 사이에서
오종종히 모여 하얀 웃음소리 터지면
은행나무 그늘에 숨었던 그리움이
지천으로 피어나요

어머니!
그때도 저 꽃꼭지들 보셨지요
지들끼리 좋아라 꽃 피우고 춤추는 거요
그래서 차마 제초제를 뿌리지 않으신 거지요

장마

니들 칠 남매 학비 내고 나면
쌀 살 돈도 없었다
혼잣말하시던 엄니 목소리가
어렴풋이 장맛비 소리에 섞이는 밤

둘만 낳아 잘 기르자
잘 키운 딸 하나 열 아들 안 부럽다
금강철교에 이런 플래카드 내걸리던 시절
의료보험도 셋부터는 혜택이 없었지
공무원 자녀 학비 보조도 없었지

아들 하나 얻으려고 내리 딸 여섯을 낳으신 어머니
종종 월급을 가불하시던 외벌이 아버지
애 하나라도 병나는 날엔
우린 다 걸린다 다 죽는다
하시던 말씀이 이 밤을 후벼 판다

그리도 야참을 즐겨 드신 게
회갑 잔칫상 가불한 거라니요
월급만 가불하시지

당신의 삶마저 가불하시다니요

잘 길러 놓은 자식들 어이하라고요
갈 곳 잃은 효심들 어이하라고요
길 잃은 통곡 소리
빗소리에 섞이어 흘러간다

안녕, 싱가포르

비행기로 여섯 시간 남쪽으로 날아갔어요
여름만 있는 섬나라가 숲속에 잠겨 있어요
동서양의 배들이 기름을 넣느라 정박하고
비행기도 쉬어 가느라 분주한 창이공항
천둥 번개는 날마다 잠에서 깨어나요

따사로운 햇살과 손잡고
유네스코 세계 문화유산 보타닉 가든을 산책한 후
이층버스를 타고 밀림을 헤치듯 빌딩 숲을 훑었어요
케이블카를 타자마자 벼락같이
천둥이 치고 소나기가 내렸어요

유리창 밖에서 기웃대던 구름이
하나씩 물방울 되어 기어들어 오네요
천둥 번개도 이곳에서는 반가운 손님
바닷물만 하늘로 오르는 건 아니네요
사람들도 날마다 하늘로 올라가요

돌지 않은 듯 돌고 있는 지구를 닮아
도는 느낌도 감지되지 않는 스카이 플라이

사방팔방 통유리 벽, 그 안에 서면
구름이 머리 위에 앉아 놀고
머라이언공원의 분수는 발밑에서 춤을 추어요

마리나베이샌즈호텔 옥상에서 수영하는 사람들
시가지를 오가는 사람들
한 점 꽃잎처럼 흔들리고
사시사철 푸르른 가로수 사이로
자동차들 줄줄이 흘러 다녀요

생전의 아버지보다 한 살 더 먹은 후에
서른이 넘은 아들과 함께 낯선 도시에서
하늘을 나는 기구를 탄 이후에야
따뜻한 구름과 손을 잡았어요
차갑던 아버지의 손을 잡았어요

돈암서원에서

연산 들녘 칼바람
서원의 눈썹지붕

그 아래 서고서야
비로소 알았다

그대,
내 마음의 눈썹지붕

제2부 먼지가 자라는 동안

채석강에서

떡 켜처럼 쌓인
시간 앞에 서니
우리의 삶이 찰나다

오수에 빠진
잔잔한 바다를 보니
우리의 삶이 이슬이다

이 순간
찰나의 반 이상을 살았고
이슬의 반 이상이 증발했다

타국에서 돌아온 동생과 만나
채석강을 거니는 것은
찰나와 이슬의 무한 미분

유람선 터미널에서
흘러나오는 팝송
렛 잇 비 미Let it be me

먼지가 자라는 동안

이사를 앞두고
집 안 구석구석을 들추어 본다
먼지가 자라는 동안
행운목은 오백이십 번의 샤워를 하였고
산세비에리아는 백이십 잔의 물을 마셨다
장롱 깊숙이 넣어 둔 아이들의 배냇저고리가
나를 보며 웃고 있다
대학 졸업하고 취업한
내 아이의 나이에
아이를 낳았다
여러 해 입지 않은 옷가지들이
삶의 한때로 끌고 들어간다
첫 대면 이후 쌓아 둔 시집들
표지를 넘기면 나를 생각한 시인들이 찾아오고
시집 안에 갇혀 있는 박제된 언어가 다시 살아난다
먼지 묻은 손으로 파일을 건드리면
그 속에 잠든 추억들이
한꺼번에 쏟아져 나와
낯선 듯 바라본다
장롱 구석에 숨었던 먼지 뭉치들도

눈치를 보며 몰려다닌다

만남의 순간에

이별해야 한다는 건

봄바람에 떨어지는 꽃비 같은 것이다

거실은 헤어지기 싫은 듯

침묵으로 시위하는 벗들로 발 디딜 틈이 없다

나이가 들면 끌어안고 사는 것보다는

버리고 가는 법을 알아야겠다

십 년에 한 번쯤은 이사를 할 일이다

파란 고독

바이칼 호수 알혼섬
샤먼바위 언덕에
솟대 기둥 열세 분
후지르마을을 지키고 있다

시골에서 본 듯한 부랴트족* 할머니
세르게** 아래 서서 동전을 드리고 있다
인간이 드리는 동전 몇 닢에
신이 찾아올지도

파란 하늘
파란 수평선
기둥을 휘감은 헝겊이
파랗게 질려 몸부림친다

파란색은 태곳적 신의 빛깔이런가
이 기둥을 붙잡고
바람이 술래잡기를 하면
언뜻언뜻 신의 모습이 보이는 듯

바람은 샤먼들을 불러들이고
내 안에 가득 찬 고독도 불러들인다
나를 찾아 나선 이 길목에서
고독은 신의 색깔로 물든다

* 부랴트족: 바이칼 호수 알혼섬의 원주민.
** 세르게: 빨강, 노랑, 하양, 파란색 천을 둘둘 휘감은 나무 기둥 열세 개.

밥하기 싫은 날

국화꽃 시들해진 저녁
낙엽을 굴리던 손돌바람이
배낭을 국밥집으로 밀어 넣는다

늙수그레한 부부들이 나오다가
한 남자가 다시 들어가 잠바를 들고 나오고
다른 남자도 다시 들어가 모자를 들고 나온다
두 남자의 아내들이 해바라기처럼 서 있다

평생 해 먹은 밥
밥하기 싫어 외식하는 날
서로에게 들킨 속내
남편들의 건망증

다들 서리 맞은 국화처럼 웃는다

할매할배바위

알섬인지 바위인지
알다가도 모를

꽃노을 흐드러진
꽃지해수욕장

닳아 버린 청춘이
서녘 하늘에 물들고 있다

어디가 하늘이고
어디가 바다인지

경계도 없이
닳아 버린 노부부

어쩌면 시시포스

아빠가 출근한다

안개 자욱한 꼭두새벽
쌔근쌔근 나비잠 자는
아가들 볼에 입을 맞춘다

담배 한 모금 빨며
자가용에 시동을 걸면
잠자던 안개가 찢어진다

우금티고개 넘고
백마강 허리 가로질러
성주산 발가락 사이사이
오가는 길 삼백오십 리

매번 겪는 일이
매번 겪는 일이 아닌 듯
일상의 어느 순간에
뭔가 어긋나지 않을까 긴장한다

태양은 안개를 녹여 주고
아가들은 아빠의 길을 인도한다

자식 가진 남자들은 어쩌면 시시포스

생거진천 농다리

충청북도 진천군 굴치산 살고개 아래 동양 최대의 돌다리 한 분 살고 계신다. 농암정에 올라 내려다보면 거대한 지네가 물을 건너가고 있다. 고려 초 임 장군이 세금천을 건너려는 여인을 위하여 사력암질의 붉은색 돌을 물고기 비늘처럼 쌓아 스물여덟 칸의 수문을 만들고 그 위에 넓고 기다란 장대석을 얹었다. 돌부리가 서로 맞물려지도록 쌓고 작은 돌로 틈새를 메워 장마가 져도 끄떡없이 천 년의 풍상을 견디시는 거다.

울퉁불퉁 생긴 제 모습 그대로 주어진 자리를 지키며 오는 물 받아 주고 가는 물 잡지 않으며 바람에게도 길을 내어 주고 계신다. 물의 흐름을 거스르지 않고 험한 여울을 도닥거리며 의연하신 분, 그의 등을 밟으면 무병장수하고 아들을 낳는다고 전해져 그는 허리 펼 날이 없다.

가끔은 울기도 하시는 분, 동학농민운동이 일어나던 해에는 등허리 들썩거리시고 6·25가 일어나던 해에는 울음소리가 밤을 적셨다지. 우리는 못 들었지만 세월호 참사 때에도 통곡하지 않았으랴. 전설이 현재에 살고 현재는 전설이 된다. 오늘도 생거진천 새겨진 인공 폭포 벗하며 말

없이 유월 햇볕에 달구어진 따뜻한 등을 내주고 계신다.

　나는 누구와 함께 밤새워 울어 본 적 있던가? 등 돌린 적은 있어도 누구에게 등 내어 준 적 없이 사는 것만 같다. 그의 등을 밟고 건너가는 내 볼이 화끈거린다. 햇볕 때문만은 아니리라.

이름을 들추어 보다

4대 독자 집안 맏손녀
작명인에게 지었다는 이름
그 속에 동그라미 하나 없다

직선으로만 모여 굴러온 삶
얼마나 모나게 살아온 걸까
나로 인해 얼마나 많은
이들이 상처를 입은 걸까

덜컥 겁이 난다
한 생애 지나온 길
이젠 이순도 키가 자라
어느 구석인가는 닳았을 터

아직 울퉁불퉁한 이름
아직도 몽돌 되기는 머언
높을 최, 향기 복, 붉을 주
최고로 향기 붉은 꽃

이 꽃으로 기뻤던 적 있던 사람이여

고맙습니다
이 꽃으로 아팠던 적 있던 사람이여
미안합니다

이 꽃 지는 날까지
고운 햇살로 용서의 기도문을 쓰렵니다
사랑의 향기로 부끄러운 이름을 닦으렵니다

나를 핍박하는 중

내가 널 떠날 땐
내가 나를 사랑하기 때문인 줄 알았다

한 생애가 지나고 나서야
내가 나를 핍박하고 있다는 걸 알았다

아직도
꺼지지 않는 화로여
아직도
타 버리지 않는 심지여

언제쯤
암모나이트가 될 수 있을까
지금도
나는 나를 핍박하는 중

귤피차

함박눈 쏟아지는 날
귤피차를 우린다
향기 따라 새록새록
피어오르는 제주 여행

사십여 년 전 대학 친구
가을 날비 흩날리던 날
김영갑갤러리 앞 카페에서
눈만 **빼꼼** 내놓고 둘러앉았지

파스타를 비비다가
전복 두 개를 반씩 잘라 나눠 준
호텔 숙박을 제공한
나긋나긋, 에피소드 소환한
검정 비닐 귤 봉다리 들고 다니며 먹이던

니늘 어느 별에서 온 거니
우리 서로에게 반짝이던 청춘
가뭇없이 사라지는 별빛 다시 켜고
아련한 시간을 적셔 주는 차향

지지 않는 꽃

걱정 마라
아버지의 마지막 말씀

해마다 시월이면
하얀 국화처럼 다시 피어난다

형벌

운명에 합석하고도
눈인사조차 하지 않는 것

사거리 모퉁이 돌다 부딪혀도
눈 하나 깜짝하지 않는 것

당신을 좋아한 죗값
시시포스처럼 굴리고 있는 것

속리산

속세를 떠나
들어간다는 산

데이트하다가 막차를 못 타면
연인이 된다는 산

돌아오는 막차를 타지 못할까
문장대에 가지 않던 시절 있었네

단칼에 갈라진 경업대처럼
단숨에 갈라진 우리 사이

터널로 잘려진
아흔아홉 굽이 말티고개

이제는 넘어 보라 하네
속세를 떠나 보라 하네

사랑은 힘이 세다

쌀 한 말 들라치면

허리 휘는 할머니

쌀 서 말 체중 손주 어를 때면

힘이 솟는 할머니

손주 사랑은 천하장사

사랑은 힘이 세다

걸어가는 자전거

오일장 날이면 삼십 분 거리를
다섯 시간 걸려 다녀오는
백 세 노인

장바구니에 봄 햇살을 앉히고
제민천 물소리를 걸음 동무 삼아
종종걸음으로 걸어간다

바퀴 달린 나도
걸어야 산다는 백 세 노인의 두 손에
꽉 잡혀 걸어간다

노인을 등에 업고 달린 게 언제였던가
지팡이 노릇한 지 한 오 년은 됨 직하다

제3부 울음을 안으로 말아 넣고

목련꽃차

꽃샘바람에 움츠려
피지도 않은 꽃봉오리
솜털 외투를 벗겨 내니
뽀오얀 살결
매끈한 몸매

치한처럼 들이닥쳐
한 잎 한 잎 펼치고
순식간에
암술을 잘라 냈다

손 닿은 곳마다
진저리 친 흔적
갈색 미라로 남아
죽어서야 활짝 피어난 당신

그때 그것이
야만이었음을
탐욕이었음을
그저 스치기만 하고
향기만 맡아야 했음을

민들레꽃

여름 하굣길에
누군가에게 손목 잡혀
솔숲으로 끌려갔다던

치마에 왜 흙이 묻었냐
물어보시는 어머니께
넘어졌다 말했다던
열일곱 가녀린 소녀
여리디여린 꽃봉오리

그녀의 두 손 잡고
한참이나 울었지
어떻게 말해야 하나
어디다 도움을 청해야 하나

함께하는 건 주위의 어둠뿐
그녀의 눈물에 나의 눈물만 보탤 뿐

삼십 년 만에
그녀를 만나러 가는 길가

민들레꽃이 활짝 피어 있다

울음을 안으로 안으로
동글게 동글게 말아 넣고
인내로 피워 올린
순결한 정신이여
꿋꿋이 키워 낸 홀씨여

아무런 잘못 없이 밟히고도
아무런 이유 없이 밟히고도

베드로의 발

로마 베드로대성당
순례객들 틈에 끼어 줄을 섰다

천국 열쇠 쥐고 있는 베드로 성인
그의 청동상 발끝이라도 만져 보리라

반질반질한 베드로의 발등에
손을 얹은 순간
목구멍에 가득 찬 욕망만 꿈틀거린다

아니지
아니지
니들이 왜 먼저 불쑥거려

꼭 하고 싶던 말
차마 그 말 못 하고
기도는 그냥 돌이 되고 말았다

지금

여기
서 있는 것만도 감사하여

마곡사에서

첫 발령지에서 만난 열일곱 살 소녀였던 제자들을 만나러 간다. 백범당 마루 끝에 앉은 사십 년 전 단발머리 소녀들 미소가 상글방글 구절초다. 안경 속 잔주름들 허리 안개 걷히듯 사라지고 걸음 동무처럼 익어 가는 사제지정은 보광대전 앞마당에 핀 잇꽃이다. 아니 잇꽃보다 붉다. 학창 시절 에피소드 실타래가 백범 명상길을 따라간다. 술술 풀리어 간다. 김구 선생이 심어 놓은 향나무 향기보다 진한 수다가 수런수런 골개물을 흔들어 댄다. 지들이 나보다 키가 더 크다, 지들이 나보다 더 언니 같다, 지들이 나보다 먼저 장모가 되었다고 깔깔거리는 웃음소리가 바지런히 징검다리를 건너간다. 그려 그려 잘했어 잘했어 나보다다 잘했어 암 그래야지 청출어람여 대단혀 참 대단혀 애썼어 욕봤어. 소나무 우듬지에 올라앉은 그녀들의 웃음소리가 풀 죽은 나를 내려다보며 태화산을 오른다.

흑마늘

겨우내 꽁꽁 언 땅속에서
웅크린 싹 봄내 움터
풋풋한 기쁨 주고
한여름 삽질 한 번에
한 통씩 실한 보람 안긴다

대궁과 뿌리 잘라
속살 비치는 잠옷 입혀
보온밥솥에 안쳐
보름 동안 잠을 재웠다

서로의 열기에 감전되어
까맣게 타 버린 첫사랑처럼
백옥 같던 얼굴 어디 가고
미라가 되었나

죽어도 죽을 수 없어
달차근한 향기로 살아난 것이더냐
죽기 전에 내 마음도 한번
보근보근 이어 보란 말이더냐

추억의 수학여행

흔들바위에서 찍은 사진 한 장
가슴에 안고 설악산을 간다
고교 졸업 사십 년 만에

희끗희끗한 머리칼
까마귀 지나간 눈가
그 사이에 엉기는 긴가민가한 기억들

내 삶의 여정처럼
혹은 그네들의 삶처럼
구불구불한 한계령
모든 길이 하나로 모이진 않는다

저 눈부신 초록의 유혹일까
수다로 풀어지는 삶의 문양들
그만하면 잘 지나온 거라며
나무들이 보내는 미소

우리들 사이에 잠들었던 바람

울산바위 틈새를 빠져나와
오월 햇살에 안긴다

불면

코로나 19로 집콕하는 중
언어는 방콕을 하다 말고 나가 버렸다
거리 두기를 한다고, 아예

가끔은 언어가 사색의 틈새로 들어와
밤새 칼날을 세우는 날이 있다

나는 언어가 흘린 피눈물을 닦아 낸다
눈물 자국에 배어 있는 문장을 쓰레받기에 쓸어 담는다

하이데거가 수국이 참 예쁘다며
언어에게 가장 이쁜 방을 내주라 한다

어느새 새녘 하늘에
연보랏빛 수국이 몽실몽실 피어나고 있다

강론

삼위일체 대축일
서로 일치된 마음으로
사랑하며 살기로 다짐하는 날

고린도서 말씀
강론하시던 신부님
부부는 일심동체 맞지요?
신자들 대답이 시원찮다

다시 묻는다
부부는 일심동체 맞잖아요?
그래도 대답 소리 화끈하지 않다
그때만 긴가요?

스테인드글라스를 찢을 듯한 웃음소리가
천장에 부딪혀 머리 위로 쏟아진다
하느님도 가끔은
사제를 통해 알고 싶은 게 있나 보다

세모에

느닷없이 세상 떠난 이의
휴대폰 번호를 지운다

불현듯 이런 날 오기 전에
만남의 뿌리가 내리기 전
어깨 스친 꽃잎 같은 이에게도
잘 지내시나요?
한마디 말쯤 건넬 수 있다면

지금 이 순간도
누군가는 지워지고 있을 터
지워지기 전에
따끈한 커피 이모티콘 하나쯤
날아갈 수 있다면

한 살 더 먹는 만큼
고운 사람에게든
미운 사람에게든
새해 인사 이모티콘 하나쯤
날아갈 수 있다면

두브로브니크

무엇이 우리를
그 성에 끌어다 놓은 걸까

두브로브니크 성벽도 숨이 멎고
아드리아해도 소름 돋아 꿈틀거렸다

차 한 잔 나눌 여유 없이
밀린 얘기 할 사이 없이

나는 성을 떠나야 하고
너는 성에 들어오고

노을아,
어쩌란 말이냐

어쩌자고 예까지 와
묵은 사랑을 풀어헤친 거냐

큰샘 골목길

다닥다닥 어깨 겯던 봉황동 지붕들
원도심 사업으로 헐려 나가
한 집 걸러 한 채씩
헐린 자리 횅하다

옛집 헐어 주차장 만드는 게
골목 넓혀 찻길 만드는 게
도시 재생인가 골목 재생인가
고민 같지 않은 고민이 골목길에 끌려간다

골목길 모퉁이
옛 동무도 떠난 고패집
담장에 휘늘어진 인동화
그 꽃말 같은 향기가
발길을 끌어당긴다

어린 시절 오가는 등굣길에
어쩌다 만나면
괜스레 발개지던 채송화 볼
배롱나무 심장도 콩닥거렸을까

그 집 앞 다다르면
큰샘처럼 말라 버린 시간이
벌떡 일어나 마중 나온다
반갑게 들랑거리는 옛날이야기들이
제민천 산책 길을 따라오며 조잘거린다

지구 반대편으로 가는 길

아들과 함께한
이성자 전시회 관람
—보면 뭘 알아요?
—응, 그냥 느낌이 와

화백이 이혼 후
어린 세 아들 남겨 두고
멀리 가서 죽으려고 갔다는 파리

진회색과 암갈색 타탄체크 분위기의 거리
부드러운 붓끝에서 나온 칼날 같은 터치
화백의 고뇌가 촘촘히 박힌 소리다
가시 박힌 모성애에 굳은살이 생긴 자국이다
그 그리움 어찌 다 화폭에 담을 수 있으랴

강철 같은 여인은
가슴에 파고드는 미안함을
목판에 새기었다
조각칼 끝 하나하나에 맺힌 아픔이
판화 속에서 어른거린다

후반기에 와서야 비로소 터널을 빠져나온 듯
연보랏빛 우주 속에 색동 우주선이 유영한다
《지구 반대편으로 가는 길》[*]
화폭에 별이 빛난다
은하수 꽃이 만발하고
설산에 햇살이 쏟아진다

[*]《지구 반대편으로 가는 길》: 국립 현대미술관 이성자 화가의 전시회.

곰보배추차

물 빠진 무논에
미나리와 섞이어
아무리 고개 들어도
이름을 불러 주지 못했네
이름을 모르면 안 보이는 법

곰보배추!
이름을 불러 주기 전엔
장화에 무수히도 짓밟혀
이름 없는 들풀로 마감하던 생이었으리

이순이 지난 어느 봄날
지천으로 얼굴 든 너를 품에 안고서야
결코 넌 곰보가 아니란 걸 알았다

한 생을 우려낸 네가
기관지를 살리고
무릎까지 살려 내다니

너를 만나는 시간은

목구멍보다 먼저
발끝이 따스해진다

사람은 '살다'와 '알다'가
합해진 말이라지
네가 왜 나에게로 스며드는지
내가 왜 너에게로 젖어 드는지
알 것만 같다

시의 동굴

목요일 오전 열한 시
시에서 풀려나와 종로 가는 버스를 탄다

쑥과 마늘 없는 언어의 동굴에서
허기진 배 대충 채우듯
물기 없는 시어 캐내
텅 빈 원고지 몇 칸 채우고
보배처럼 끌어안고 오른다

폭염에 바싹 마른 고추처럼
탈수된 빨래 쥐어짠 것처럼
메마른 기법일지라도
마음의 심연을 들여다본 것들
지나온 삶을 되돌아본 것들

오글거리는 줄 모르고
부끄러운 줄 모르고
슬몃, 세상에 내놓는다

시

녹슬어 가던
세월의 앙금을 걷어 내고
마음의 맨살을 본다

내 손을 떠난 것들과
떠날 것들을 바늘에 꿰어
발밤발밤
한 땀 한 땀 깁는다

억지로 붙잡혀 온 과거와
달아나려는 현재가
원고지 위에서 만난다

제4부 어쩌다 그만, 엿보고 말았다

봄눈

삼월 하순
벼락같이 함박눈이 쏟아진다
암향을 숨긴 매화 심장
죽음 앞을 서성인다

겨울 들판에 숨어 있는
욕망의 찌꺼기들
신발 아래 질척질척 달라붙는다

밤새 무릎까지 달라붙은 눈 위로
어제의 분노
오늘의 무심함을 털어 낸다

내일의 치욕이 끈적일 때
하얀 마음으로 고백하면
봄눈 녹듯 용서받을 수 있을까

장미 대선*

날리던 송홧가루
연둣빛 봄비로 내리는 날
대통령 투표를 하러 간다

우리의 일상처럼
뿌옇게 채우던 미세 먼지도
빗물에 몸을 던진다

사람들의 손끝에서
불어오는 희망이
흐린 시야를 걷어 낸다

시방 세상은
아침 비에 젖은 장미꽃처럼
영롱하다

* 장미 대선: 2017년 5월 9일 치른 제19대 대통령 선거.

사월 배밭

솜털 구름 무늬에 파아란 햇살
포근한 이불이다

초대한 벌과 나비는 오지 않은 듯
하이얀 꽃바람이 남실남실
가지 사이로 넘나든다

꽃잎 끝 살짝 오므려
수술을 받들어 모신 암꽃들
제 몸 아래에 씨방을 키운다

저 배꽃들의 초례
어쩌다 그만, 엿보고 말았다

장마의 틈새

물안개가 스멀스멀
산을 기어오른다

갈맷빛 마파람 젖은 몸 말리려
숲을 빠져나온다

둔덕으로 올라온 청둥오리 가족
고개 돌려 부리로 등을 긁는다

백로는 젖은 날개를 털고
연잎은 물구슬을 모은다

여우볕이 지리한 우리 사이
틈새도 말리고 있다

바람의 시를 읽다

금계국 흐드러진 비탈 지나
강변 갈대밭 지나
연미산 끝자락 자갈밭에 앉았네

흐르는 게 강물인가 마음인가
빛나는 게 햇빛인가 은결인가

강바람이 훑고 갈 때마다
강물의 맨살 터지는 소리
마음의 호수 에이는 소리

바람이 지은 시를 강물이 읽고
강물이 읊은 시를 꽃들이 듣네

온종일 바람의 시를 읽던 강물에
고단한 낙조가 누우면
꽃들도 불그무레 젖어 드네

폭염

연일 갈아 치우는 기온
드디어 섭씨 40도

백십 년 만의 폭염
스위스 몽블랑이 녹고
스웨덴의 케브네카이세산 빙하가 녹고
스마트폰도 안부 카톡으로 녹것다

까맣게 썩어 가는 고추
노랗게 변해 가는 토마토

물기 있는 것들은
시방 폭염과 전쟁 중

물기 없는 내 시상은
시방 시마詩魔와 접선 중

천장호에서

햇살 맑은 날
칠갑산 천장호로 달려간다
먼산주름 굼깊은 바람이 마중 나와
호수의 맨살을 흔들어 댄다

출렁다리를 건너며
데크 산책로를 따라가는 길
아직도 식지 않은 꿈이
출렁출렁 흔들린다

고추잠자리 떼
욜그랑살그랑 앞장서고
산내리바람 소리 소르르 보드랍다

물의 윤슬 따라
꿈은 은빛으로 몰려다니고
흔들리던 물속 진대나무
그림자 잔잔해진다

침몰

첫 출항 이십 분 만에
침몰한 스웨덴 바사호 전함
삼백 년 동안 발트해 눈물 먹었어도
뱃전 대포 구멍은 사자 눈처럼 부릅뜨고 있었다
쓰러지며 내던진 말
과적, 과적

해무와 비바람 속에
항해하던 한국 세월호 여객선
삼 년 동안 진도 팽목항 피눈물 토했어도
화물칸 철근들은 떡 켜처럼 쌓여 있었다
뭉쳐지며 굴러온 말
과적, 과적

동서고금 돌고 도는 탐욕
어디
이것만 침몰시킬 데 없을까
언제
그런 날 오기나 할까

독도

그대 품에 안기는 순간
바람이 숨을 멈추고
바다도 숨을 멈추네

얼마나 기다렸나 멀고 먼 길
이만 이천 번 지구가 돌고 돌아
평생에 단 한 번
드디어 허락된 만남

그대 발끝에 서서
두 팔 벌려 안아 줄 시간 고작 이십여 분
내게 할당된 사랑 요만큼이라도
내 심장은 멎을 것만 같네

바람은 그대 홀로 두고 가라 하네
파도도 어여 가라 소리치며 달려오네
피멍 든 가슴 쓸어내리며
수수만년 울고 있는 그대여

히로시마의 초승달

단풍잎 핏빛처럼 물든
히로시마 평화공원
초등학생들의 목소리가
갈바람에 몰려다니는 가랑잎처럼 들려온다

피폭에 불타 찢긴 교복,
화상에 일그러진 사진들
전쟁의 결과만 전시된 평화관
아이들이 묻지 않을까
왜 원자폭탄이 투하됐나요
왜 하필 히로시마인가요

정신대처럼, 징병처럼, 독도처럼
불리한 것은 그냥 우겨 버리는 그들
징용으로 끌려온
외삼촌 할아버지의 멈춰 버린 청춘을
그 아이들이 어찌 알 수 있을까

한국인 원폭 희생자 위령비
귀부에 헌화된 꽃들이

면도칼로 베인 듯한 향기를 풍긴다
은행나무 발치에 숨었던 슬픔이
부스럭거리며 일어나 키를 세운다
초저녁 하늘가에 초승달이
골격만 남아 있는 원폭 돔에 머물러
가슴에 박힌 통증을 일깨우고 있다

가을 연못

는개 지나간 해 질 녘
단풍 든 새털구름
품에 안는다

마른 연잎 대
폐허의 기둥처럼
서 있다

물기 털어 내는 청둥오리
떠나야 할 때를 가늠하는 듯
두리번거린다

바짝 말라
몸 비트는 잎마저
훌훌 털어 낼 즈음

나의 가을도
저만치
가 있을 것이다

길상사에서

함박눈 펑펑 내리는 날
길상사에 가 보았지

나타샤와 흰 당나귀 뛰어놀고
백석도 웃으며 따라 내리네

한평생 북녘 애인을 그리워한
눈처럼 순결한 남녘 보살

보살의 사랑이 꽃을 피웠네
하늘과 바람도 애간장이 끊어졌네

맑고 향기롭게 승화한 길상화
무소유의 숲을 이루었네

해빙기

고드름이 빙점을 벗어날 때
북쪽 베란다 벽의 성에도
제 몸을 풀어 내린다

봄빛에 눈을 뜬
홍매화 꽃대가 기지개를 켤 때
꽃샘바람이 까치발을 들고 내려온다

바람의 맨살이 스친
복수초 꽃차의 향기
노오랗게 보드랍다

오래 못 본 너에게로
가는 발걸음이
2월의 벽을 넘는다

남과 북
크레바스 같은 사이에도
꽃바람이 불어올 것만 같다

노부부

물처럼 흐르기로
물방울처럼 하나 더하기 하나는 하나로

가끔은 세 치 혀로 물 베기
등 돌릴 것 같은 불길함은
화장대 밑에 똬리를 틀고

뭘 그리 이겨 보겠다
자로 재듯 따졌나

장롱 아래 먼지가 사십 년 자라는 동안
칼은 녹슬어 버석이고
먼지도 구석에 끼리끼리 모여 눈치를 보는데

이제는 뾰족한 바위도
싸안고 흐르는 물처럼
두리뭉실, 그러려니

서로에게 오직
한 송이 모란꽃으로
피어날 것을

드라이플라워

피아노 위 꽃다발
하얀거에 빠지다

꽃꼭지 스치는
쇼팽의 프리미어 콘체르토

마저 내려놓지 못한
고즈넉한 향기

물기 머금던 절정
덧없이 가고

수행으로 다져진
고운 자태

긴밤 내내 적시는
삶의 비밀

몽글고 단아한 내면의 울림

나태주(시인)

1. 사람

　최복주 시인은 나의 오랜 지인 가운데 한 분이다. 언제부
터 우리가 알고 지냈는지는 모르겠지만 아마도 1979년 내가
공주로 주거를 옮긴 이래, 줄곧 그래 왔지 싶다. 공주의 한
고등학교 국어 선생님이었다. 언제나 조용한 성격에 살가운
눈빛을 하고 있었다. 누구와 만나도 그 사람과 거스르는 일
이 없고 잘 어울리며 사는 그런 인품이었다.

　매사에 한발 물러선 듯했다. 그렇다고 소극적이란 말은 결
코 아니다. 참여하고 관심을 보이고 함께하기는 해도 과열하
지 않는다는 말을 이렇게 표현하고 있는 것이다. 인내심이라
그럴까, 자제심이라 그럴까, 그런 게 보였고 끝내 인격의 단

아함까지 그녀에게는 있었다. 내면의 향기 같은 걸 잃지 않고 사는 매우 특별한 인품이었다.

국어 교사이고 또 공주문인협회 회원이니까 글을 사랑하고 또 스스로 글을 쓰기도 하거니 그랬다. 주로 읽어 온 글은 수필 장르였다. 글이 사람이라 그랬으니 당연히 문장이 고즈넉하고 과열함이 없어서 좋았다. 그래서 오랫동안 수필을 쓰는 분이거니 알면서 지내 왔다.

그런데 아니었다. 어느새 시 공부를 하여 서울에서 나오는 문학잡지에 시인으로 등단을 한 것이다. 의외였다. 더더욱 의외인 것은 그동안 모아 온 시편들을 모아 시집을 내겠노라 시집 원고를 보여 준 일이었다. 솔직하게 말하자면 처음엔 가볍게 시집 원고를 읽었다. 그런데 아니었다.

무엇보다도 시의 주제나 소재가 다양했다. 그리고 형식이나 표현이 또 서로 다른 시들이 섞여 있었다. 시집 원고를 읽으면서 아, 이분이 오래전부터 시를 써 왔구나, 그런 감회가 일었다. 그러하다. 최복주 시인은 우리가 그녀를 수필을 쓰는 문인이라고 믿고 있는 동안에도 시를 쓰는 사람으로 살았던 것이다.

주제나 소재로 볼 때, 생애 전반을 통찰하는 인생의 시가 있는가 하면 가족이나 이웃을 대상으로 하는 사랑의 시가 있고 여행 도중에 자신의 삶을 투영하여 자화상을 떠올리는 시들이 많이 보인다. 나는 평소, 모든 문학작품은 그 사람의 인생 전반에서 오는 것이고 결국은 자서전이라고 믿고 있는데

이는 최복주 시인에게도 마찬가지라고 보아진다.

　최복주 시인이 수필을 쓰든 시를 쓰든 그것은 표현 양식만 다를 뿐이지 최복주 시인의 인생 기록이면서 자서전이란 말이다. 이런 점에서 우리는 한 시인의 시 앞에서 엄숙할 수밖에 없고 진지한 대면이 요구된다고 생각된다.

2. 시

　최복주 시인의 시편들을 필자 주관으로 갈래를 쳐서 본다면 ① 여행의 시, ② 인생의 시, ③ 극서정의 시로 나누어진다.

　① 여행의 시

　최복주 시인은 그동안 다양한 여행을 하면서 살아온 듯싶다. 시를 보면 국내 여행지는 물론이고 해외 여행지도 아주 많이 등장한다. 여행이야말로 나의 삶을 내려놓고 타인의 삶을 들여다보는 여유의 시간이요, 인생의 터닝 포인트까지를 제공할 수 있는 절호의 찬스가 되어 준다.

　　시베리아 대평원을 지나
　　바이칼 호수 물이 빠져나가는
　　안가라강이 만든 도시

영원히 꺼지지 않는 불꽃 광장

알렉산드르 3세 동상

모스크바 개선문을 지나

둔치로 내려갔어요

영하 삼십 도 땅에서도

사랑의 불씨 지켜

긴긴 겨울을 견디어 온 민들레꽃이

짧은 여름을 만나

알혼섬의 하트바위 전설을 퍼뜨리네요

바이칼 호수는 한겨울에도

민들레꽃을 키우고

안가라강은 힘찬 고동 소리를 내뿜으며

자신을 얼음의 침묵 속에 다 맡기진 않았네요

겨울이면 얼어붙는 바이칼호

극한에도 얼지 않는 안가라강

여기까지 흘러온 내 사랑의 강물도

얼 틈 주지 않는 안가라강처럼

얼지 않을 거예요

—「안가라 강변에서」 전문

내용으로 보아 시인이 러시아 여행을 떠났던가 보다. 우선, 그것은 시의 앞부분에 등장하는 '시베리아 대평원, 바이칼 호수 물, 안가라강이 만든 도시, 영원히 꺼지지 않는 불꽃 광장, 알렉산드르 3세 동상, 모스크바 개선문, 알혼섬의 하트바위'와 같은 문장이나 단어만으로도 충분히 짐작이 가는 일이다.

그 동토의 땅, 얼음과 눈만이 기승을 부리는 땅에서도 시인이 발견하고 주목하는 것은 "한겨울에도/ 민들레꽃을 키우"는 "바이칼 호수"요, "자신을 얼음의 침묵 속에 다 맡기진 않"는 안가라강의 "힘찬 고동 소리"이다. 이는 여행자로 자연을 보았고 이국의 정취에 취했음에도 자신의 인생을 비추어 보았음이요 삶의 의지를 얻었음이다.

그런 가운데에서 역시 소중한 대목으로, 마지막 연의 이런 부분에서 우리는 시인을 따라 삶의 의지를 다시 한번 확인하게 된다. "겨울이면 얼어붙는 바이칼호/ 극한에도 얼지 않는 안가라강/ 여기까지 흘러온 내 사랑의 강물도/ 얼 틈 주지 않는 안가라강처럼/ 얼지 않을 거예요".

　작디작은 빈방 동검도 채플

　예수님의 십자가상이 하늘과 바다와 산을 바라보는 곳

　기도를 드리다 문득

　스테인드글라스 창 너머 눈길 간 순간

　달이 지구를 끌어당기는 걸 보았다

갯벌에 오리 떼가 몰려온다

명지바람, 누구의 날숨인가요
꽃노을, 누구의 빛인가요
텅 빈 갯벌 가득 채운 생명력은
어디서 오는 건가요
목마른 섬을 채워 줄 사랑의 빛은
어디서 오고 있나요
이미 도착하여 지구를 덮고 있는데
눈이 부셔 볼 수 없는 건가요

갈라진 갯벌 같던 내 마음의 섬
사랑의 빛과 밀물에 젖어
하염없이 앉아 있다

—「동검도」 전문

'동검도'가 어디일까? 독자로서 그런 건 몰라도 된다. 아니, 모를수록 더욱 좋다. 시인의 안내를 따라 시를 통해 여행을 하면 되는 일이니까 말이다. '명지바람'이란 말도 흔하게 쓰이는 단어가 아니다. '보드랍고 화창한 바람'이 국어사전의 뜻인데 아무래도 이런 미세한 표현은 시인이 국어 교사이기에 가능한 일이 아닌가 여겨진다.

시를 통해 우리는 시인이 독실한 천주교 신자임을 알아차

린다. 시인은 여행을 하면서도 신앙심에 자신을 맡기며 성결한 삶을 꿈꾸고 있음을 본다. 일부러 말하지 않아도 이러한 작품에서는 한시의 전경후정前景後情 같은 표현 기법을 자연스럽게 엿보기도 한다.

② 인생의 시

우리가 읽는 모든 시는 인생을 소재로 하는 시이고 또 그것은 인생의 시라고 볼 수 있다. 하지만 나는 여기서 최복주 시인이 특별히 자신의 문제나 가족을 소재로 한 시들을 고르면서 '인생의 시'라고 항목을 지어 보았다. 정확하게 말한다면 가족의 시라고 말할 수 있겠다.

4대 독자 집안 맏손녀
작명인에게 지었다는 이름
그 속에 동그라미 하나 없다

직선으로만 모여 굴러온 삶
얼마나 모나게 살아온 걸까
나로 인해 얼마나 많은
이들이 상처를 입은 걸까

덜컥 겁이 난다

한 생애 지나온 길

이젠 이순도 키가 자라

어느 구석인가는 닮았을 터

아직 울퉁불퉁한 이름

아직도 몽돌 되기는 머언

높을 최, 향기 복, 붉을 주

최고로 향기 붉은 꽃

이 꽃으로 기뻤던 적 있던 사람이여

고맙습니다

이 꽃으로 아팠던 적 있던 사람이여

미안합니다

이 꽃 지는 날까지

고운 햇살로 용서의 기도문을 쓰렵니다

사랑의 향기로 부끄러운 이름을 닦으렵니다

— 「이름을 들추어보다」 전문

사람이라면 누구나 지니게 마련인 이름. 그 이름을 지을
때 부모는 자식에 대한 기대와 소망을 한껏 담아서 이름을 짓
는다. 시인의 부모들 안 그랬으랴. "4대 독자 집안 맏손녀"
에 대한 기대와 사랑이 시인의 이름이 되었고, 그 이름의 뜻

을 가슴에 새기며 살았기에 시인은 매사에 조심스러웠고 최선을 다하는 사람이 되었을 것이다.

그렇다면 사람의 이름이야말로 소망과 기대를 넘어 자성의 예언 기능까지 담당하는 놀라운 기능을 하는 것이라 할 것이다. 이러한 자신의 이름 앞에 역시 시인은 진중하고 사려 깊은 인물답게 더욱 좋은 삶을 지향하며 각오를 다지게 된다. 역시 후반부 문장이 그것을 보여 준다.

"이 꽃으로 기뻤던 적 있던 사람이여/ 고맙습니다/ 이 꽃으로 아팠던 적 있던 사람이여/ 미안합니다// 이 꽃 지는 날까지/ 고운 햇살로 용서의 기도문을 쓰렵니다/ 사랑의 향기로 부끄러운 이름을 닦으렵니다".

　　걱정 마라
　　아버지의 마지막 말씀

　　해마다 시월이면
　　하얀 국화처럼 다시 피어난다

　　　　　　　　　　　　　　　　　　　—「지지 않는 꽃」전문

사람은 또 누구나 한 번은 죽음의 순간을 맞는다. 이 시는 아마도 시인의 부친이 임종할 때 정황을 기록한 작품으로 보인다. 이 어찌 아름답지 않고 가슴 아프지 않으랴.

가만히 혼자 앉아 있으면

눈길 한번 받지 않아요

가슴 떨리게 하지도 않아요

땡볕 아래 초록 잡초 사이에서

오종종히 모여 하얀 웃음소리 터지면

은행나무 그늘에 숨었던 그리움이

지천으로 피어나요

어머니!

그때도 저 꽃꼭지들 보셨지요

지들끼리 좋아라 꽃 피우고 춤추는 거요

그래서 차마 제초제를 뿌리지 않으신 거지요

—「개망초」 전문

이번에는 모친에 대한 회고와 그리움을 담은 작품이다. 전반부에서는 그저 자연물인 개망초에 대한 시인 자신의 소회를 담고 있다. 그러나 3연에 와서 느닷없이 "어머니!" 하고 외마디 소리가 나오면서 시인의 개망초에 대한 감회는 어머니의 것으로 바뀐다. 어머니가 개망초 자신이 되면서 새하얀 개망초 꽃 뒤에 어머니의 모습을 오버랩하기도 한다.

시인의 삶이 어머니의 것과 합치되는 장면이며 시인의 정서가 어머니의 것과 만나 기쁨의 강물로 흐르는 대목이다. 어머니와 시인의 삶과 마음이 두 줄기의 강물이라면 그 두 줄기 강물이 한 줄기로 만나서 융융한 강물을 이루는 합수 지점이 바로 이 부분이다. 그러므로 독자는 응분의 기쁨을 공유하게 되는 것이다.

③ 극서정의 시

'극서정極抒情'이란 용어는 아직 확실하게 개념 정의나 활용 범위가 밝혀진 용어가 아니다. 일부 시인이나 이론가들이 서정시가 갖추어야 할 특징을 잘 갖추었으면서 아주 짧은 형식의 시들을 가리켜 그렇게 말하는 것을 보면서 그쪽의 안목으로 최복주 시인의 시들 가운데 몇 편을 골라내 보았다. 작품 제목을 대 본다면 「함박눈」 「포도밭에서」 「소나기」 「돈암서원에서」 등 여러 편이다.

비교적 여기에서 골라낸 작품들은 시인에게 있어 최근에 쓰여진 작품으로 보인다. 어찌하여 이들 시편들이 극서정이 되는가? 우선, 시의 몸피가 작으면서 내용으로는 큰 것을 품고 있으며 언어 표현도 매운 듯 간결하기에 그럴 것이다. 어쩌면 이 대목의 시들이 최복주 시인이 지금까지 시작 생활을 하면서 어렵게 도달한 한 경지가 될 것이며 앞으로 나아가야 할 활로가 아닌가 싶다.

최복주 시인의 시편들은 전체적으로 시인의 성품을 닮아 지극히 긍정적이며 고요한 분위기를 지니고 있다. 그런 가운

데 여기에 고른 시편들은 그 시적 表現이 몽글고 내용으로 볼
때도 내면의 울림을 충분히 갖추고 있어 감동을 주기에 충분
한 조건을 갖추고 있다. 두 번째 시집의 출간을 진심으로 축
하드리며 거론된 작품들을 해설 없이 말미에 기록하여 우리
모두의 모범으로 삼고자 한다.

　　　　스무 살 기적같이 다가와

　　　　화롯불처럼 스러졌어도

　　　　아직도 마음의 온기 남아

　　　　함박눈 내리는 밤에

　　　　새록새록 돋아나는 목소리

　　　　그 소리 따라 마음의 창문 열면

　　　　하늘 가득한 어둠

　　　　어둠 속에 들리는 별들의 숨소리

　　　　별빛처럼 빛나는 그대

　　　　그대 초롱초롱한 눈빛만 쌓이네

　　　　그대 서글서글한 눈빛만 쌓이네

　　　　　　　　　　　　　　　　　—「함박눈」 전문

　　　　가을이 와도

　　　　아직 익지 않은 첫사랑

　　　　사랑아,

　　　　너를 떠나

이젠 가벼워지고 싶다

송이송이 매달렸던 포도나무처럼
굽어지고 휘어져
마른 등걸만 남는다 해도
마른 향기만 감돈다 해도
이젠 털어 내고 싶다

—「포도밭에서」 전문

꼭꼭 쟁여 놓은 그리움이

제 몸을 부수어 쏟아 낸다

생시처럼 왔다 가는

조각난 사랑

구두도 안 벗고

마루 끝에 앉았다 간다

—「소나기」 전문

연산 들녘 칼바람

서원의 눈썹지붕

그 아래 서고서야
비로소 알았다

그대,
내 마음의 눈썹지붕

—「돈암서원에서」 전문